Paul Émile Chauffard

Des vérités traditionnelles en médecine

Leçon d'ouverture du cours de pathologie générale

Antigonos

Paul Émile Chauffard

Des vérités traditionnelles en médecine

Leçon d'ouverture du cours de pathologie générale

Réimpression inchangée de l'édition originale de 1871.

1ère édition 2024 | ISBN: 978-3-38813-056-9

Antigonos Verlag est une marque de Outlook Verlagsgesellschaft mbH.

Verlag (Éditeur): Outlook Verlag GmbH, Zeilweg 44, 60439 Frankfurt, Deutschland, info@outlook-verlag.de
Vertretungsberechtigt (Représentant autorisé): E. Roepke, Zeilweg 44, 60439 Frankfurt, Deutschland
Druck (Imprimerie): Libri Plureos GmbH, Friedensallee 273, 22763 Hamburg, Deutschland

FACULTÉ DE MÉDECINE DE PARIS

DES
VÉRITÉS TRADITIONNELLES
EN MÉDECINE

LEÇON D'OUVERTURE

DU COURS DE PATHOLOGIE GÉNÉRALE

PAR

Em. CHAUFFARD,

PROFESSEUR DE PATHOLOGIE GÉNÉRALE A LA FACULTÉ
DE MÉDECINE DE PARIS

PARIS

J.-B. BAILLIERE ET FILS,

LIBRAIRES DE L'ACADÉMIE DE MÉDECINE,
19, RUE HAUTEFEUILLE.

1871

DES

VÉRITÉS TRADITIONNELLES

EN MÉDECINE

LEÇON D'OUVERTURE DU COURS DE PATHOLOGIE GÉNÉRALE

MESSIEURS,

Nous venons de traverser des temps désolés, durant lesquels notre vie scientifique a été comme suspendue, devant les périls qui menaçaient notre existence nationale. Je ne prétends pas vous demander de rien oublier. Loin de là : Sachons garder une inaltérable mémoire des douleurs supportées en ces jours néfastes; qu'elles soient entrées en nous pour n'en plus sortir; qu'elles y germent et qu'elles y enfantent des pensées réparatrices, des résolutions dignes, fortes et mûries. Le travail sera notre aide et notre fortifiant suprême dans cette œuvre intérieure et virile. Nous avons besoin de ressaisir notre vie d'activité et de production; vivre, c'est lutter, disait le grand orateur de Rome, *vivere est militare;* c'est à cette lutte par le travail que j'ose à mon tour vous

convier; plus le travail sera élevé, plus il vous de-
mandera d'efforts, et plus vous en sortirez trempés
pour ces combats de la vie, où l'intelligence et la
science font et mènent la force, et où les individus,
comme les nations, ne triomphent qu'en raison de
ce qu'ils savent, en raison de ce qu'ils veulent, en
raison aussi de leur esprit de discipline, d'abnégation
et de sacrifice.

C'est dans de tels sentiments, Messieurs, que je
vais entreprendre le long et laborieux enseignement
de la pathologie générale. Je ne vous dissimule pas
les craintes que m'inspire la mission qui m'a été
confiée. Il me faudrait oublier, pour trouver quelque
sécurité, que la pathologie générale est la partie la
plus ardue, la plus controversée, et cependant la plus
nécessaire de la médecine. Il me faudrait oublier, surtout, que cette chaire a été instituée pour Broussais,
l'auteur immortel de l'*Examen des doctrines;* et qu'a-
près le règne de ce puissant agitateur, elle a été occu-
pée, durant vingt ans, et avec un éclat dont les rayons
vibrent encore, par l'une des plus hautes et des plus
pures personnalités de la science moderne, notre
illustre maître M. Andral. De tels prédécesseurs
lèguent à tous ceux qui les suivent un invincible
sentiment d'infériorité. Qui ne se sentirait hésitant
et troublé en songeant qu'il occupe ici la place de
celui dont la grave et éloquente parole jugeait de si
haut le passé comme le présent de notre science?

Le silence volontaire et prématuré auquel s'est condamné M. Andral demeure un deuil pour tous ceux qui tiennent à la vieille gloire de cette Faculté, aux progrès durables et à la discipline d'une science tourmentée et mouvante comme celle dont nous poursuivons l'étude sans fin. Qui pourra reprendre ce rôle, qui en retrouvera l'autorité, autorité que possédait comme un don naturel, et dès le début de sa glorieuse carrière, celui qu'accompagnent, dans sa retraite, l'admiration et le respect de toutes les générations médicales de ce temps?

Cependant il faut marcher et puiser dans ces souvenirs une excitation qui anime et soutienne, plutôt que des causes trop légitimes de crainte et de découragement. Il faut mettre sa confiance dans l'action efficace de la science et de la vérité, dans la conception nette des profondes difficultés qui, à cette heure de négation et de doute, attendent celui qui a reçu la mission de relever la pathologie générale.

J'aurais voulu, dans une première leçon, mettre en lumière, sous vos yeux, l'importance de la pathologie générale, et montrer son action vivifiante sur tout ce monde immense de faits, lentement accumulés par l'histoire analytique des fonctions physiologiques, par l'étude des signes symptomatiques et physiques des maladies, par celle des lésions, et des rapports des lésions et des phénomènes morbides. J'aurais voulu vous prouver que, seule, la pathologie générale fournit à la diversité infinie de ces faits l'âme réelle et subsantielle, sans laquelle ils demeurent faits épars et muets, connaissances vides, vouées à la dispersion sous tous les souffles d'un esprit inquiet et sans règle. Mais cette démonstration peut-elle être fournie *à priori*, et le but qu'elle poursuivrait, ne se déroberait-il pas incessamment devant un scepticisme systématique, celui précisé-ment que nous voudrions forcer et convaincre? Pour attaquer ces doutes, pour vaincre cet empirisme brutal qui prétend ne croire qu'aux faits sensibles, et pour lequel principes et notions premières de-meurent sans clartés, il faudrait, à bien dire, dissiper l'ignorance même qui entoure ces esprits de telles ténèbres; il faut connaître la pathologie générale pour comprendre son action profonde et nécessaire au sein de la science, pour savoir qu'elle seule a pouvoir de donner aux faits médicaux le caractère scientifique qui les arrache à l'empirisme; il faut connaître et aimer la pathologie générale pour savoir même qu'elle existe.

Ce sera donc à cet enseignement entier à répondre aux doutes et aux préjugés qui l'assaillent. Nous marcherons pour démontrer le mouvement; nous susciterons devant vous la pathologie générale en ses développements essentiels, nous lui donnerons un corps et une âme pour vous prouver qu'elle existe et qu'elle agit; nous vous montrerons ce qu'est la médecine créée sous ses impulsions, et animée de ces forces vivantes; et quelque imparfait que soit notre enseignement, nous ne saurions le croire condamné à demeurer stérile; car la vérité la plus délaissée conserve son éternel pouvoir, reparaît à travers tous les sophismes, triomphe de tous les dédains et de tous les abandons.

J'aurais tort, cependant, de renoncer à vous donner dès aujourd'hui une idée éloignée du génie et de la fonction propres de la pathologie générale. Il n'est pas indispensable d'entreprendre la réfutation directe de tous les sophismes émis contre les vérités primordiales de la médecine pour surprendre l'existence et l'action de ces vérités. Non; il suffit, à cet effet, d'assister au spectacle même de l'institution de notre science surgissant à la lumière de quelques notions synthétiques et souveraines. C'est là une démonstration de fait et pratique qui pénètre peut-être plus aisément dans les esprits que celle celle que livre un exposé didactique. Voir naître une science fournit toujours un suprême enseignement; et, quoiqu'il dérive du passé, un tel enseignement vise aussi le présent et l'avenir; car les conditions essentielles de la science ne sauraient changer; elles se maintiennent, exigeant toujours les mêmes efforts et répondant aux mêmes méthodes. Essayons donc de saisir le sens historique de nos origines; soulevons les voiles qui les recouvrent; démêlons les

forces mises en œuvre à cette création de la médecine; étudions à sa naissance cet épanouissement
de hautes vérités qui, plus tard, acquerront le nom
de traditionnelles.

A cette fin, demandons à notre longue histoire
l'intelligence des mots de tradition et de vérités traditionnelles. Tout est dans l'entendement de ces
termes d'un emploi si fréquent et si vague. Que si-
gnifient-ils, hors de cette langue énervée et confuse
que nos générations irréfléchies s'habituent à parler?
La tradition comprend-elle tout ce qui a été ancien-
nement écrit et enseigné, recueil indifférent d'in-
nombrables erreurs et de quelques notions vraies?
Une vérité traditionnelle est-elle simplement une
vérité quelconque depuis longtemps inscrite dans
nos annales, un fait anatomique ou pathologique
transmis de génération en génération? N'y a-t-il ici
qu'une question de temps; et, s'il en est ainsi,
quelle importance peut-on attacher à de telles
expressions; et que dire de ceux qui les emploient
avec une affectation philosophique destinée à en
voiler, sans succès, l'insignifiance et le vide? Si, au
contraire, ces expressions recèlent en elles tout un
ordre propre d'idées et de notions, quel est celui-ci,
et où s'en trouve la raison d'être? Je voudrais
essayer, à l'ouverture de ce cours, de répondre à
ces questions mal résolues ou à peine posées. Vous
saisirez ainsi, dans ses premières manifestations, la

domination incontestable de la pathologie générale dans l'établissement et le développement de notre science ; et, en même temps, s'ouvriront devant vous les perspectives lointaines des régions que nous devons parcourir ensemble.

L'avénement de la médecine au milieu des arts et des sciences humaines remonte, d'âge en âge, jusqu'à la grande époque grecque, celle de Phidias et de Platon, et trouva alors, dans la collection des livres hippocratiques, sa première expression scientifique. Depuis ce moment que les siècles n'ont pas oublié, la médecine, sauf durant le long silence du moyen-âge, a été se développant sans cesse, s'agrandissant et se fortifiant de découverte en découverte, agitée souvent dans des sens contraires, allant d'une direction à l'autre, mais vivant toujours, le lendemain, des œuvres de la veille, ne dépouillant jamais le passé, trouvant au contraire en lui un indispensable soutien et un inséparable conseiller dans les voies nouvelles que le travail ouvrait devant elle. Les temps modernes, si justement fiers de tant de progrès, n'ont pas enfanté la médecine. Ils se sont enrichis de moyens d'analyse autrefois inconnus, aujourd'hui nombreux et puissants ; mais ils n'ont pas institué une médecine absolument séparée de celle du passé, et fondée sur de nouveaux principes. Ceux qui prétendent que la vieille médecine n'est qu'empirisme, professent que cet empirisme subsiste encore, et il ne se déclarent pas prêts à lui subsistuer un ensemble de connaissances véritablement scientifiques.

Les temps modernes ont vu surgir du chaos la chimie; c'est uné création qui leur appartient tout entière, et dont les a dotés notre immortel Lavoisier. Aux clartés de ce génie, l'alchimie, qui était l'empirisme, mourut; et la chimie, qui était la science, nacquit. Ce grand homme eut ses précurseurs, car tous les créateurs en ont; mais les précurseurs eux-mêmes ne font que témoigner de l'œuvre vraiment créatrice, et désignent à tous celui auquel elle est due. Nous n'avons pas de Lavoisier en médecine, ou du moins il faut le chercher à deux mille ans en arrière, et surpendre son œuvre à travers les sombres ignorances qui l'enveloppent, et dont elle ne s'est dégagée qu'après de longs siècles d'observation et d'expérience. Nul homme de nos temps n'a tiré la médecine de son génie. Quelques esprits puissants et systématiques ont pu se glorifier d'une telle entreprise, et ont tenté de déchirer notre passé au profit de leurs conceptions; d'autres, séduits et entraînés, ont acclamé ces sectaires de la science; mais l'heure des justes appréciations ne se faisait pas longtemps attendre; elle venait parfois au plus fort même des acclamations, et voyait tomber ces conceptions, prétendues nouvelles. L'erreur elle-même se retrouvait dans ce passé que l'on voulait proscrire; condamnée déjà, elle n'avait plus qu'à subir une condamnation renouvelée, et motivée de même, malgré la différence des temps et malgré tous les progrès accomplis.

Notre science est donc vieille déjà, quoique toujours jeune et progressive; nous nous appuyons sur l'autorité de nos maîtres, comme eux-mêmes sur celle de leurs prédécesseurs, et ainsi de suite en remontant au loin la chaîne des âges. Nous citons les médecins de ce siècle et ceux du siècle passé, et parfois nous retrouvons dans leurs livres des vérités oubliées que nous remettons aujourd'hui en lumière. Nos devanciers s'inspiraient pareillement de la science de leur pères, et en maintenaient les principes, tout en l'agrandissant dans son ensemble, en la réformant dans les détails.

Je n'ignore pas que, devant cet enchaînement dont aucun anneau ne peut être brisé, de dédaigneux esprits ne craignent pas de soutenir que la médecine n'existe pas comme science dans le passé, qu'elle n'a pas même cette existence dans le présent; ils la réduisent à un simple empirisme, à une pure collection de faits; son élévation à la dignité de science, si elle a jamais lieu, serait réservée à un avenir encore éloigné. Ces préjugés, dont nous avons tant à souffrir, tiennent à ce que les vérités primordiales qui constituent en science l'ensemble des faits pathologiques, et dont nous allons vous montrer l'antique et glorieuse apparition, échappent fatalement à ceux qui ne croyent qu'aux faits matériels et sensibles. Ces adeptes du culte exclusif des faits méconnaissent la constitution même de toute science; ils se refusent à comprendre que la science ne se crée et ne se développe qu'à l'apparition et sous l'action d'une unité causale, dont tous les phénomènes perçus ne sont que la traduction extérieure. Si l'unité, si le principe actif et créateur, inaccessible aux sens, est toujours rejeté par ces faux esprits positifs, comment jamais arriveront-ils à la conviction que la médecine qui s'affirme sous leurs yeux, est et demeure une science, malgré leurs négations? Laissons donc là ces fantômes d'objections, obstacles imaginaires qui ne sauraient nous barrer le chemin, et que nous n'avons pas à renverser pour aller à notre but.

Revenons à nos origines scientifiques, et considérons la pauvreté des connaissances analytiques à ces commencements obscurs. La structure et les fonctions des principaux organes n'étaient perçus qu'à travers de grossières images, et les réalités matérielles de l'être se résolvaient presque toutes en d'informes conceptions. Comment du sein de cette ignorance a-t-il pu surgir une connaissance scientifique de l'homme et de la maladie? Sur quels fondements ont été jetées les premières assises de la médecine, pour que, ainsi fondée, la médecine, traversant les âges, se soit perpétuée jusqu'a nos jours? Ces fondements, la constitution de l'homme vivant va nous les livrer.

L'être vivant, en effet, à mesure surtout que l'on s'élève dans l'échelle des êtres et que l'on atteint à l'homme, offre des caractères généraux qui dominent de plus en plus tous ses actes particuliers, traits essentiels de la vitalité qui s'impriment sur toutes les fonctions, sans lesquels l'être et la vie s'évanouissent, pour ne laisser qu'une structure immobile, des fonctions détruites par leur isolement, anéanties dans leur principe comme dans leur fin. Entre ces caractères primordiaux, nous citerons l'autonomie de la vie, l'unité de l'être, sa spontanéité, sa finalité propre. Or, ces caractères de la vie, le génie de l'homme peut les discerner malgré l'ignorance des fonctions particulières de l'organisme, malgré l'ignorance des lésions anatomiques que la maladie amène, quoiqu'il ignore enfin les espèces nosologiques dont se compose la longue histoire de nos souffrances. La vue et l'intelligence générales de l'homme vivant, sain ou malade, sont directement permises à l'observateur qui étudie l'évolution synthétique de la vie, ses ressources et ses défaillances, ses besoins et ses mouvements divers. Cela est si vrai qu'il est possible de transmettre cette intelligence générale de la vie au lettré et au philosophe, en faisant appel à leurs seules habitudes de réflexion et d'étude. Il n'est pas nécessaire de fouiller la structure anatomique des organes, et de déterminer leur fonctionnement spécial, pour percevoir et comprendre le spectacle élevé du mouvement général de la vie, pour le rapporter à sa causalité propre, et en induire une connaissance première et réelle de l'être.

Ce n'est pas, toutefois, que la connaissance analytique de l'être ne serve grandement à cette connaissance première ; elle la développe, la précise, et l'affermit, de façon à montrer l'infinie variété de ses aspects, et à réunir en une large et harmonique synthèse toutes les contradictions apparentes. Elle dévoile ainsi, sous l'automonie vivante, la permanence des lois physiques de la matière ; sous l'unité, la diversité et l'indépendance relative des diverses vies organiques ; elle rattache à la spontanéité l'action provocatrice des causes extérieures, et celle qui résulte des relations de tissus et d'appareils ; elle conçoit, enfin, sous la finalité, le caractère fatal et aveugle du développement organique et des fonctions particulières.

Quoi qu'il en soit des développements ultérieurs de ces vérités générales, celles-ci ont apparu déjà saisissantes, dès que les regards d'un génie pénétrant

se sont fixés sur le monde émouvant de la vie indi-
viduelle, et avec elles était créée la physiologie
générale de l'être. Bien plus saisissantes encore
apparaissaient ces vérités sur le monde mobile et
changeant de la pathologie, que l'observation étu-
diait depuis longtemps. Les vérités premières de la
connaissance générale de l'être s'y sont transformées
d'elles-mêmes en vérités de pathologie générale ; car
les caractères majeurs de la vie sont aussi les caractères majeurs de la maladie. Relisez les enseignements hippocratiques : « Le principe de tout est le
même. Il n'y a aussi qu'une fin, et la fin et le principe sont uns..... Dans l'intérieur est un agent
inconnu qui travaille pour le tout et pour les parties,
quelquefois pour certaines et non pour d'autres.... Il
n'y a qu'un but, qu'un effort. Tout le corps participe
aux mêmes affections ; c'est une sympathie univer-
selle. Tout est subordonné à tout le corps, tout l'est
aussi à chaque partie. Chaque partie concourt à
l'action de chacune des autres..... La nature est le
premier médecin des maladies, et ce n'est qu'en
favorisant ses efforts que nous obtenons quelques
succès.... La même nature suffit à tout, dans l'état
de santé comme dans l'état de maladie. » Et cette
maxime, enfin, si connue et si éternellement vraie
qu'elle semble présider au travail le plus caractéris-
tique et le plus fécond de notre époque, à toute
l'application expérimentale de la physiologie à la

pathologie ; je la cite en latin, ne pouvant vous donner une traduction qui égale la concision du vieil aphorisme : *quæ faciunt, in homine sano, actiones sanas, eadem, in œgroto morbosas.* Qui n'admirerait la · noble simplicité de ce langage! Le *consensus unus*, la doctrine des crises spontanées, celle de la nature médicatrice, ne sont que la conversion et l'aspect en pathologie des doctrines correspondantes de pathologie générale.

La médecine grecque, fondée sur ces vérités, ouvrit l'ère de la science, et se dégagea de l'empirisme par l'observation et l'intelligence de l'état général du malade. La diagnose et la prognose surgirent à l'étude de cet état général, et bientôt y acquirent une ampleur, une physionomie, une empreinte des réalités vivantes qui, encore aujourd'hui, commandent notre admiration.

En vous ramenant, Messieurs, à ces lueurs premières de la science, je n'ai point perdu de vue mon dessein, car nous voilà conduits en face des vérités à qui l'avenir réservait le nom de traditionnelles. Cette pathologie générale naissante, c'est aussi la tradition naissante. Rien en dehors ne mérite ce nom que les siècles vont créer; tout ce qui s'y rattache mérite, par contre, de le recevoir. En effet, ces vérités premières et constitutives, une fois entrées dans la science ne devaient plus en disparaître. Elles devenaient l'âme de tous les faits particuliers; elles guidaient et soutenaient l'analyse naissante aussi, et dont le travail persévérant avait à poursuivre sur le monde matériel une œuvre prodigieuse d'envahissement. Quel que fût le fait physiologique ou pathologique découvert, il ne pouvait se soustraire à ces lois nécessaires de la vie, sans lesquelles la vie s'anéantit au sein des existences inorganiques. Par conséquent, d'âge en âge, à travers tous les développements de la science, et par cela seul que la science se maintenait et se développait, ces vérités, les premières vues parce qu'elles sont les premières en éclat et en puissance, ces vérités demeuraient immuables en quelque sorte, repoussant avec une intensité croissante, s'élevant au-dessus de toutes les contestations, de toutes les notions dues au travail du jour, recevant une autorité souveraine par l'assentiment unanime, transmis de maître en maître, et d'enseignement en enseignement. Cette autorité devint ainsi le signe même de la tradition, et les vérités qu'elle consacre durent s'appeler pour toujours les vérités traditionnelles.

Le tableau que je viens de retracer à vos yeux se présente-t-il dans l'histoire avec la simplicité et la clarté que j'ai dû mettre en ce premier exposé? Cette marche continue, sous le rayonnement des vérités principes, ne s'est-elle jamais interrompue, n'a-t-elle jamais obéi à des impulsions contraires ? Hélas ! et qui ne le sait ? notre histoire est pleine de troubles, de déviations, de négations : ils y occupent une telle place, et s'y entremêlent en tant de sortes et sous tant de·figures, que, pour bien des esprits, rien, dans cette confusion des choses et dans ce choc des opinions, ne distingue ce qui dure de ce qui passe, ce qui est tradition de ce qui est éphémère; pour eux, la tradition recueille en elle la vérité comme l'erreur, et n'offre aucun caractère positif qui la signale. Notre évolution scientifique semble une tourmente sans frein ni règle; et il en est ainsi de toutes les sciences qui touchent à l'homme, de celles qui ont pour objet sa nature vivante, comme de celles qui se rapportent à sa nature intellectuelle et morale. Les unes et les autres reconnaissent une autorité traditionnelle, et c'est même en ces seules sciences, celles de l'homme, qu'existe une pareille autorité. Et, néanmoins, les extrémités les plus opposées s'y heurtent; nulle démonstration n'y est acceptée pour toujours, ni par tous; les contraires s'y affirment avec une égale assurance. C'est notre infirmité de repousser le vrai qui nous est présenté ; mais c'est notre grandeur de le faire reparaître, et de le reproduire agrandi, d'une forme plus pure et plus belle après chaque agression, si perfide et si spécieuse que soit celle-ci.

Telle a été la condition des vérités premières de notre science. Le génie hippocratique, avec le don de voir avant le temps, eut celui de traduire avec simplicité et grandeur ce qu'il voyait par une sorte de prescience. La forme sévère donnée par lui aux notions premières de la science se dégrada bientôt. Les esprits sans pénétration et sans élan, qui aiment les images et les figures visibles, s'en emparèrent ; et à l'idée pure des choses, se substitua par degrés une perversion ontologique bien propre à gagner et à séduire les imaginations. Le besoin des explications matérielles, ce danger permanent de la science et de l'art, parfois même les découvertes des faits particuliers vinrent aider à cette altération du vrai et corrompre les plus fécondes notions en les imprégnant des erreurs et des entraînements du jour. Dans un milieu ainsi troublé, l'idée systématique dut surgir d'elle-même. Elle présenta à des esprits déviés et devenus faibles, car la vérité seule donne la force, le mirage des théories faciles, et réduisit à la mesure et à la fausse simplicité de ces théories la science de l'être vivant et malade, si complexe et si étendue. Armée de ces avantages, l'idée systématique dut en apparence se soumettre la science et régner comme en souveraine. A ces moments, la tradition sembla vaincue, et les vérités traditionnelles parurent perdre leur prestige et leur action dominatrice.

Cet aspect de notre histoire est décourageant pour ceux qui n'embrassent pas, sous leur regard, tout l'ensemble de l'évolution médicale, et portent une vue errante de fait en fait, de théorie en théorie. Il faut résister à ces découragements. En face du spectacle de nos faiblesses et de nos défections, il faut placer le beau et fortifiant spectacle qui nous montre ces vérités premières trahies souvent par ceux qui prétendent les servir, comme par ceux qui s'en déclarent les ennemis, demeurer cependant à l'état actif quoique latent, et, après l'obscurcissement d'un jour, se lever plus brillantes sur l'horizon reculé de la science. Elles inspirent ceux même qui croient les repousser. On les masque sous l'hypothèse, on les désigne sous d'autres noms, on les déguise en systèmes, en théories qui leur semblent contraires, et sous ces noms, sous ces systèmes, sous ces théories, les vérités premières pénètrent et leur communiquent ce qu'ils traduisent de réalité, ce qu'ils ont de vie. Elles se dégagent enfin par une irrésistible puissance, et elles ressortent plus vigoureuses, répandant des clartés inattendues, incarnées en des faits nouveaux ou jusqu'alors incompris, et qui tout à coup palpitent de vie et de fécondité.

La tradition s'affirme donc au sein et par le fait même des négations qui voudraient l'atteindre. Elle s'agrandit et se fortifie au sein des agitations et des luttes. Elle devient de plus en plus la tradition à mesure qu'elle sort et qu'elle triomphe de ces luttes, à chaque fois que s'écroule un système qui prétendait usurper sa place. Par cette réapparition incessante, elle affirme sa permanence et légitime incessamment son nom. Elle marque les grands maîtres et les grandes époques de la science. Lorsque l'intelligence des vérités traditionnelles domine une école et un enseignement, lorsqu'elle domine et guide le mouvement de la science, soyez assurés que l'école est forte, l'enseignement utile et fécond, le mouvement dirigé dans les voies du progrès réel. L'histoire est là pour en répondre, et le présent, non plus que l'avenir, ne lui donneront un démenti.

Je parle de mouvement et de progrès : c'est la noble passion de l'esprit scientifique. Or, on a souvent reproché à ceux qui professent le respect de la tradition, d'être hostiles au mouvement et d'opposer la tradition comme un obstacle au progrès. Ce reproche est grave ; et, quoique l'aveu m'en soit pénible, je ne puis dissimuler que parfois il est mérité. Je le reconnais, ceux qui estiment que tout est à renouveler dans la science, que le passé est un lourd et inutile héritage, bon à répudier, ceux-là, si la passion les anime et les soutient, portent au travail, aux investigations nouvelles, une ardeur incomparable. Ils reculent les bornes de l'analyse et fouillent en tous sens la matière organique, dans le désir d'en faire surgir cette pathologie réformée qu'ils entrevoient au fond de leur pensée. Ils s'agitent, car ils n'ont pas où se reposer ; et si cette agitation n'est pas en tout productive, si elle enfante des erreurs funestes dans le présent, et destinées à disparaître dans la lutte pour la science, elle a aussi ses rencontres heureuses, ses trouvailles de phénomènes cachés ; elle amasse des matériaux, elle accumule des faits qui, plus tard, seront convertis en richesses réelles, en progrès véritables, lorsque les vérités traditionnelles les pénétreront du souffle vivant qui vient d'elles. D'autre part, ceux qui vivent dans la tradidition, ceux qui la comprennent et qui l'aiment sont trop souvent disposés à la considérer comme l'asile de toute paix, comme un port contre les agitations et les disputes auxquelles est livré le monde des idées. Ils s'y enferment avec le calme d'une conscience assurée d'elle-même et satisfaite de la part de certitude et de vérité qu'elle possède. Ils n'ont rien de cette ardeur inquiète qui sollicite aux recherches, au mouvement, qui jette l'esprit en avant et le pousse en des voies non encore fréquentées. En un mot, il y a les endormis comme les révoltés de la tradition.

Tâchons, Messieurs, de ne compter ni parmi les uns ni parmi les autres. Avec le sens de la tradition, gardons l'amour du mouvement et de la recherche. Je vous l'avouerai, si je ne craignais de diminuer à vos yeux le respect dû à des vérités qui soutiennent

toute la science, je vous l'avouerai, s'il fallait être
pour la tradition contre le mouvement, j'hésiterais,
et je vous dirais peut-être : Marchons et cherchons;
les lumières d'une tradition immobile ne sauraient
reculer les horizons ouverts devant nous ; secouons
les paresses et les engourdissements de l'esprit ;
allons en avant quand même, et, s'il le faut, à l'a-
venture ; nous courrons la chance de découvrir
quelqu'un de ces sentiers inconnus qui conduisent à
des champs et à des moissons nouvelles. Mais je n'ai
pas à vous tenir ce langage. Rien ne nous oblige à
choisir entre une tradition sans mouvement, et le mouvement sans les lumières de la tradition. Sachons
allier ces deux principes d'action qui ne s'excluent
ni ne se combattent. Ils s'entre-soutiennent, au
contraire, et ce sont nos infirmités et nos défaillances
qui nous laissent tomber d'un côté à l'exclusion de
l'autre. Celui qui a la pleine intelligence des vérités
traditionnelles suit d'un œil attentif et sympathique
tout le labeur qui se poursuit devant lui ; car ce labeur se poursuit pour lui et pour sa cause ; il fournit
aux vérités traditionnnelles le terrain sur lequel
elles se prolongent et se développent ; en fin de
compte, rien ne s'établit contre elles ; tous les ali-
mente et les rajeunit.

Voyez le temps présent, il fournit de cette œuvre
le plus éclatant témoignage. L'admirable dépense
d'énergie et d'activité, qui fait son caractère et sa

gloire, s'opère toute au profit de ces grandes vérités léguées par les siècles, et qui deviennent d'autant plus fortes et jeunes que les générations se succèdent et que leur œuvre s'accumule. Quelle confirmation la doctrine de l'autonomie vitale ne reçoit-elle pas, tous les jours, des efforts tentés par les sciences physiques et chimiques ? Devant elle s'arrête la grande doctrine physique de la transformation des forces ; devant elle a échoué la doctrine des générations spontanées. Ailleurs, nous avons vu naître une physiologie et une pathologie cellulaires : que sont-elles, au demeurant, sinon une confirmation et une extension de la physiologie et de la pathologie générales de l'être entier ? La cellule n'est que la réduction et la simplification dernières de l'organisme ; l'organisme n'est qu'une cellule parvenue à un degré éminent d'accroissement et de complexité. Les deux reconnaissent les mêmes lois fondamentales de l'être. Vous en aurez souvent la preuve : le travail moderne, qu'il en ait ou non conscience, loin de contredire aux vérités traditionnelles, y amène celui qui sait l'interpréter, celui qui, à travers les formules de l'heure présente, sait retrouver l'idée impérissable. Le novateur d'aujourd'hui donne d'autres formes à l'antique corps des doctrines ; le corps a grandi ; ses éléments sont renouvelés ; mais l'âme intérieure demeure. L'identité de la pensée génératrice se poursuit à travers les variétés de l'expression ; on croit détruire, et l'on ne fait que confirmer et développer.

Aussi ne faut-il pas que le culte de la tradition conduise jamais à l'intolérance. L'intolérance, appliquée aux œuvres de l'esprit et de l'observation, devient fatalement de l'injustice, et l'une des plus funestes. Souvenons-nous toujours que tout fait nouveau, quelle que soit l'idée doctrinale ou systématique à laquelle on le rattache, est une conquête dont la science jouira tôt ou tard. Il faut aimer le travail pour lui-même, et pardessus tout la liberté du travail et celle des idées qui le suscitent. C'est là une vertu nécessaire à l'homme de science, et sans laquelle il étoufferait de ses mains d'ardents foyers de lumière et de chaleur. Pénétrons-nous de cette pensée, et qu'elle nous soit toujours présente dans la discussion des opinions opposées. Sachons combattre l'opinion, et en même temps rendre au savant la justice due à toute vie consacrée au travail et à la science.

Vous le voyez, Messieurs, ce ne sont ni les études bibliographiques ni les pures recherches historiques qui vous conduiront aux vérités traditionnelles. On peut être très-érudit et n'avoir pas le sens de la tradition. Celle-ci aime les études historiques, mais elle n'en dépend pas. L'érudition s'adresse à tout ce que l'intelligence humaine a produit ; elle note et inscrit tout, systèmes, théories, assertions arbitraires, préjugés, aussi bien que notions vraies et traditionnelles. Il ne lui appartient pas de distinguer, de séparer, de juger. L'ancienneté et la permanence forment, sans contredit, un des cachets de la vérité traditionnelle; mais ni l'une ni l'autre n'en sont le caractère principal. Bien des erreurs ont pour elles, dans notre histoire, l'ancienneté et la permanence. La tradition médicale trouve sa marque dans ce fait, qu'elle est constitutive de notre science; elle assiste à ses origines et préside à ses longues destinées; elle devient son éternel soutien; tel est le signe supérieur et propre de la vérité traditionnelle en médecine. Aussi ces vérités appartiennent-elles toutes à la pathologie générale; elles affirment ses débuts et montrent sa toute-puissance.

Vous jugez déjà combien est erronée l'opinion de ceux qui attendent de l'avenir la révélation première de la pathologie générale, et qui pensent que celle-ci ne peut résulter que du rapprochement et de la comparaison des faits analytiques, alors qu'ils seront tous connus. Il n'est pas d'idée plus étroite et moins juste. Elle aboutit à la négation même de la pathologie générale et de toute philosophie. Loin d'être un lointain aboutissant de l'analyse, la pathologie générale est en quelque sorte un précurseur. Ses principes premiers s'élèvent, d'un essor irrésistible, en face de la vue générale des choses, par une contemplation directe des caractères fondamentaux de la vie. L'avenir, sans doute, lui réserve des développements à l'infini; les vérités traditionnelles sont en croissance continue; mais elles gardent un fond immuable, bien différentes en cela des vérités transitoires de l'analyse, lesquelles se poussent, se déplacent, se transforment à chaque progrès, surgissent et brillent un instant, pour s'éteindre devant des investigations plus fines et plus pénétrantes. La mobilité de l'analyse et des théories successives quelle enfante n'implique pas une mobilité correspondante de toute la science, mais le mouvement et la multiplicité sous la fixité et l'unité des principes. Les éléments périssables et mobiles de la science sont donc en dehors de la tradition; celle-ci est dans l'élément qui vit toujours, qui a pour lui l'éternité même de la substance. Les éléments contingents peuvent cependant se fixer et acquérir le caractère de réalité substantielle, alors qu'on les a rattachés par d'invincibles liens aux traditions premières; ils deviennent, en cette union comme des vérités traditionnelles secondes. Nous devons mettre tous nos efforts à multiplier ces dernières vérités; nous accroissons ainsi le trésor des traditons acquises; nous enrichissons la science, non de faits variables et passagers, mais de connaissances complètes, destinées à la perpétuité du vrai; c'est là le progrès réel, durable, absolu.

On peut souvent juger de l'importance et de l'ac-

tion étendue d'une vérité scientifique en essayant,
par la pensée, de la supprimer, d'éteindre son
retentissement dans l'ensemble des faits, et de me-
surer ensuite ce qui reste de la science ainsi mutilée.
Essayez donc, Messieurs, de retrancher de la médecine les notions de *consensus*, d'unité de l'organisme
et d'unité de la maladie, de spontanéité vivante
dans l'état physiologique comme dans l'état pathologique, de tendance à la conservation et de nature
médicatrice, et voyez ce qui restera pour le jugement des faits vitaux hygides ou morbides. Vous
n'aurez pas supprimé comme la connaissance de tel
ou tel fait particulier ; vous aurez frappé au cœur la
science dans sa totalité, et dénaturé, dans son principe, la connaissance de tous les faits médicaux.
Vous aurez détruit de telles forces, et amassé de
telles ténèbres, que la science de l'être organique se
dissoudra fatalement, et que ses débris obscurs
seront à tout jamais perdus, sans qu'aucun nouveau
lien ait pouvoir à les rassembler. Les faits que l'on
prétendrait conserver, dépouillés de la meilleure
part d'eux-mêmes, s'anéantiraient dans la main
même de l'observateur, formes vides, lettres mortes
qu'aucun souffle ne vivifierait. Oui, que deviendrait
l'étude des fonctions spéciales sans l'idée de *consen-*
sus, d'unité, d'autonomie vitale ? L'étude de la maladie, sans l'idée de spontanéité, de synergie et de
tendance à la guérison ? Imaginez-le, s'il vous est

possible de donner une figure à de tels fantômes. Je livre ce sujet à vos réflexions ; plus vous le méditerez, et plus vous vous convaincrez de la puissance et de l'action de la pathologie générale et de la tradition.

Les vérités traditionnelles font la science ; leur intelligence fait le médecin ; elles lui communiquent le don le plus désirable, l'esprit de certitude. Soyez-en convaincus, celui qui ne croit pas à la tradition et n'en accepte pas les fermes inspirations, celui-là est bien près de ne croire à rien. Il appartient à l'esprit de scepticisme ; car il ne croit plus qu'à ses sens, à ce qu'il voit et à ce qu'il touche ; et ces horizons bornés et obscurs ne sont pas ceux où brillent les clartés de la science. Celui qui, au contraire, sait s'appuyer sur la tradition, y acquiert les certitudes propres de la médecine ; soit qu'esprit poussé aux causes, il possède une notion philosophique et distincte des vérités premières que la tradition représente ; soit qu'esprit plus soumis il aperçoive surtout dans la tradition un enseignement doctrinal ayant pour lui l'autorité des maîtres et du temps. Dans les deux cas, le médecin trouve une base solide à ses croyances ; il possède une foi dans le sens scientifique du mot ; il est enlevé à ces fluctuations, à ces incertitudes d'opinion, sous lesquelles succombent tant d'intelligences vouées, cependant, au travail et aux recherches. Les médecins qui ne connaissent pas ce criterium de certitude, ne sauraient imaginer à quel point il devient un guide fidèle dans le jugement qu'il faut porter chaque jour sur les faits incessants et divers que l'observation déroule devant nous, sur les nombreux travaux que l'observation des autres suscite, et sur les assertions fondées sur ces travaux. Comment ne pas aller à la dérive entre tous ces faits et toutes ces assertions, comment fixer leur sens réel et leur valeur, sans cette droiture et cette fermeté que communiquent à l'esprit la pleine possession des vérités traditionnelles, et la longue habitude de leur soumettre faits, opinions, théories? Voir ce que ces faits, ce que ces opinions et théories ont de commun ou de contraire avec la tradition, devient bientôt le suprême moyen de juger ce que les uns et les autres contiennent de vrai ou de faux; et l'interrogation attentive de chacun d'eux montre toujours la puissance de ce moyen de jugement.

Si de la science, nous passons aux applications pratiques qu'elle suscite, les mêmes vérités nous apparaîtront et plus saillantes encore. Il n'est pas de praticien digne de ce nom qui ne soit, avant tout, homme de tradition. Méfiez-vous de ceux qui disent avec un accent de dédain : tout est à renouveler dans l'art ; nous sortons à peine de la barbarie ; la plupart des médecins y sont encore plongés ; et, sur ces paroles, ils amoncèlent essais, explications, théories, passant des unes aux autres avec une ai-

sance et des satisfactions changeantes, qui ne sauraient surprendre ceux qui savent où conduit le
mépris des traditions. Méfiez-vous de ceux qui vous
donnent ce dangereux spectacle. Ce sont des scep-
tiques encore plus que des novateurs. Leurs assu-
rances ne sont jamais que momentanées ; elles
recouvrent à peine le doute qui, l'heure d'après, se
dégagera de ce vêtement inconsistant. Opposez à ces
enseignements ceux que fournit l'histoire de l'art.
Les hommes qui y ont inscrit une grande mémoire
avaient pour premier respect le respect de nos traditions. Sous cette modestie ils cachent une élévation
d'autant plus réelle qu'elle se voile et ne blesse pas
les regards. Ils ne connaissent aucune de ces raille-
ries faciles qu'une science infatuée prodigue trop
souvent au passé. Ils oublient, ils veulent oublier
tout ce qui s'est mêlé de superstitions et de rêveries
informes aux pensées justes et profondes de nos
vieux maîtres ; et ils admirent d'autant plus celles-
ci, qu'elles surgissent malgré l'ignorance des temps,
et malgré les suggestions d'une fausse analyse. Ne
vous éloignez pas de tels exemples : à mesure que
vous avancerez dans la carrière, vous estimerez
tout ce qu'ils valent.

Paris. — Imp. FÉLIX MALTESTE et Cⁱᵉ, rue des Deux-Portes-Saint-Sauveur, 22.